**Valse froide
par
Pierre Thiry**

Pierre Thiry
anime régulièrement des ateliers d'écriture.
Il est également l'auteur de

Romans

Ramsès au pays des points-virgules BoD 2009
(fiction fantaisiste pour lecteurs de dix à cent-dix ans)

Le Mystère du pont Gustave-Flaubert BoD 2021
Édition du bicentenaire 1821-2021
(polar décalé)

Recueils de poésie

Fastueuse tempête féconde, BoD 2021
Ce voyage sera-t-il mélodieux, BoD 2021
Termine au logis, BoD 2020
(Cent rondeaux d'un été à savourer l'hiver en dégustant un thé)
Sois danse au vent, BoD 2020
(quatre-Vingt-dix sonnets et quinze rondeaux d'une année Vingt)

La Trilogie des Sansonnets (trois cents sonnets publiés de 2015 à 2019) :
Sansonnets un cygne à l'envers, BoD 2015
Sansonnets aux sirènes s'arriment, BoD 2018
Sansonnet sait du bouleau BoD 2019

Contes pour enfants

Isidore Tiperanole et les trois lapins de Montceau-les-Mines BoD 2011

La Princesse Élodie de Zèbrazur et Augustin le chien qui faisait n'importe quoi BoD 2017

Le Poète et la princesse Élodie de Zèbrazur (BoD) 2021

Consultez
http://www.pierre-thiry.fr

Valse froide
trois nouvelles
par
Pierre Thiry

2022

Valse froide

La petite fille regardait le ciel. Les nuages dansaient. C'était un spectacle qu'elle admirait. C'était comme une valse improvisée, évoquant la symphonie fantastique de Berlioz. Cette chorégraphie de nuages semblait jouer un vieux programme, semblait vouloir faire jaillir quelques drames spectaculaires.

La valse était froide, éclairée par le soleil bas, incliné, qui découpait la scène en allongeant les ombres.

C'était juste une matinée d'hiver.

La campagne était silencieuse. Aucun oiseau ne chantait, aucun feuillage ne dansait. On n'entendait aucune musique, ni merle, ni valse de Berlioz. La clairière était vide. La beauté des nuages évoquait cependant à la petite fille l'émotion procurée par ce bal imaginé par le compositeur de musique Hector

Berlioz dans sa Symphonie fantastique. Il était beau ce ciel. Mais la petite fille était triste, immensément triste.

Sous ses yeux, un homme était étendu, un cadavre, froid dans la matinée froide. C'était un sinistre matin d'hiver glacial. Alors elle regardait dans le ciel les nuages mimer la valse de Berlioz. Pourquoi ce cadavre était-il étendu dans cette prairie ? La petite fille l'ignorait, mais elle était résolue à enquêter pour l'apprendre. Ce cadavre était celui de son père.

…

Ève, aujourd'hui est une artiste. Elle sculpte. Elle est artiste-plasticienne. Elle sculpte la pierre à coups de ciseaux. Elle modèle ses formes dans le roc. Elle fait rejaillir la vie sous forme minérale.

L'art se bride un peu comme on bride un cheval pour ne pas qu'il s'emballe. Chaque jour, l'artiste prend le temps de rêver, de penser, de poser l'esquisse sur le papier. Elle ne passe pas sa vie en bolide. Elle s'assied, prend le temps d'admirer. Très rapide, elle note. Elle enregistre. Elle fait des traits, des ratures. Elle trace des formes dont le sens n'apparaît qu'à elle-même. Le jour le plus obscur lui est limpide. Elle est une artiste-troubadour, cherchant la note qui ornera la valse qu'elle veut offrir au monde. Elle perce un vide, disperse le bas et lourd qui pèse comme un couvercle. Elle fait apparaître un arc-en-ciel lumineux, coloré, merveilleux. Elle cherche autour et cela lui prend un temps infini… Elle admire. Elle sculpte.

Elle admire la petite fille qui joue tandis qu'elle sculpte en creusant la pierre. C'est une petite fille de quatre ans. Ève l'admire et l'aime. Cette petite fille est sa fille. Elle lui a donné la vie. Que deviendra-t-elle plus tard ? Échappera-t-elle à la vie tragique ?

Ève n'a pas échappé au tragique de la vie.

Et cependant, elle admire. Ève admire sa petite fille qui joue avec des cubes en créant des formes, des pyramides, un univers.

Elle admire aussi ces entrelacements de branches lancées par l'arbre. Elle admire le tronc à l'écorce inventive. Elle admire le matin qui dessine une abstraction avec son lever de soleil. Elle admire le dessin des branches lancées par l'arbre, en l'air, comme un essai pour balayer les nuages. Elle admire le jour qui passe, les heures qui défilent, les instants suspendus qui apportent une dose de rêve.

Elle aimerait que la vie de sa petite fille ne soit faite que de rythmes et de rêves, comme ceux que l'arbre dévoile en dressant ses branches vers le ciel.

Ève quant à elle n'avait pas échappé au tragique de la vie. Et elle savait que le tragique appelle le tragique.

Elle sculpte très lentement, posément, méthodiquement. Elle sculpte en écoutant le silence du matin. Elle sculpte en se remémorant les conversations échangées à l'arrêt d'autobus pour tromper l'impatience. L'autobus arrive toujours en retard. Ce temps d'attente est toujours un moment de poésie, de sourires échangés, de rencontres inattendues.

Ève sculpte très lentement, posément, méthodiquement en se remémorant le tragique de sa vie.

Elle cultive son art comme la fileuse file sa laine au rouet. Elle affine le confus amas d'émotions qui l'assaillent. Elle travaille ses passions, comme le potier travaille sa terre. Elle modèle son texte dans la pierre sous l'assaut confus des mots en désordre. Elle esquive pour ne pas se laisser ligoter par l'inextricable nœud d'un fil dramatique : fil d'intrigues qui s'emmêle à d'autres fils, fil d'une vie qui s'étoffe, fil de lierre qui enserre l'arbre, fil du drame qui étouffe la vie.

Ève n'a pas échappé au drame. Sa petite fille y échappera-t-elle ?

Ève admire sa petite fille et l'arbre. Elle essaie de le libérer, cet arbre, de le décrire, de le traduire en œuvre d'art. Il est si haut, si vieux, rempli d'une sagesse muette qui oblige à être représentée. Elle tente de la traduire. Elle aimerait réussir une œuvre d'art qui parle et qui raconte.

Son art est une matière émotive qui ne cesse de frissonner. Il ne faut pas la prendre à l'envers cette matière. Elle attend endormie, comme une petite chatte. Elle attend, l'oreille aux aguets, prête à bondir, les yeux brillants, incandescents.

La vie d'Ève avait été modelée dans cette matière émotive. Elle s'était développée comme l'arbre qui lance ses branches en travers dans le ciel.

L'arbre étend ses branches hivernales qui se découpent nettes et vives sur ciel gris. Il étend trois fois quatre branches qui contrastent sur le ciel au message confus. Le soleil incliné fait jouer des jeux de lumière, en s'amusant du prisme des nuages. L'effet de lumière étonne, enchante, invite à imaginer quelque conte merveilleux.

Au pied de l'arbre, la petite fille lance ses idées en pyramides de cubes comme l'arbre lance ses branches.

Ève admire sa petite fille.

Elle sculpte. Elle lance ses idées pour les organiser dans un scénario inédit, prêt à rejaillir en jeu d'acteurs dans un film à tourner. Son cinéma est un tissu en cours de tissage, des fils tendus sur un grand métier à tisser. Ce cinéma n'est encore qu'une ébauche, prête à tout recevoir du scénario.

Ève s'enthousiasme à l'idée de faire naître de nouveaux personnages en sculptures, en dialogues inédits, vivants, épicés, bondissants, espiègles. L'art de la sculpture peut-il conduire à celui du scénario ?

Dans une flaque d'eau du chemin, quelque chose de ce film à venir brille déjà.

C'est un mélange de scintillements et d'ombres où s'agitent des formes complexes, inattendues, inclassables. Ce sont des personnages à venir ; ce sont sans doute des humains potentiels, simplement humains remplis d'émotions humaines.

Ils sont amoureux, mais ils ont peur de l'amour. Ils sont merveilleux, mais ils ont peur de ces émotions incandescentes. Et si c'était un piège ? Chacun veut y courir. La bousculade est générale, certains s'en sortent, d'autres s'y noient. Certains sont victimes, mais un jour ils se vengent.

Ève avait été victime d'un deuil, d'une blessure intime… Elle espère que sa petite fille ne le sera pas.

Ève sait qu'elle sculpte le décor d'un drame. Ce n'est pour l'instant qu'une forme abstraite : une géométrie offerte aux pas de danse, une esquisse de figures, un décor pour un tumulte d'actions.

Le scénario n'est qu'une ébauche. Tout est encore possible. Un plan est posé, des idées se frottent les unes aux autres et provoquent un étincèlement qui bientôt deviendra ce feu d'artifice éblouissant, un peu dessin animé, un peu caverne de Platon, un peu caserne de plantons, un peu cathédrale aux vitraux bavards.

L'histoire n'est qu'esquissée, elle peut partir dans de multiples directions. On dirait un fleuve qui s'élargit en delta avant de se perdre dans l'océan. Partie d'une source minuscule, ce flux de souvenirs submerge Ève. Cette histoire est la sienne.

En sculptant, elle aligne les reliefs pour la dire, elle aligne les figures pour donner du sens. Elle biffe pour préciser. Elle étend son sujet à l'univers, puis le rétrécit à ce jeu d'ombre et de lumière sur le tronc d'arbre qu'elle est en train d'imaginer, de recréer, de sculpter. Ève avait dû biffer pour continuer à exister. Elle espérait qu'il n'en serait pas de même pour sa petite fille.

Ève n'est pas sûre de comprendre ce dont elle parle, mais elle en parle, dans ses sculptures. Cet arbre qu'elle sculpte raconte sa vie.

Elle n'est pas certaine de traduire en sculpture ce qu'elle veut dire, mais elle en rêve. Elle espère. Elle raffine, elle cultive, elle taille, elle orne, elle réinvente…

Ève se souvient du temps où elle était une petite fille. Elle admirait dans le ciel la danse des nuages qui valsaient comme la Symphonie fantastique de Berlioz. C'était dans une prairie déserte où son père semblait dormir. Il était mort.

Ce jour-là, elle avait juré de le venger. Toute sa vie, patiemment elle avait enquêté. Toute sa vie, patiemment, elle avait progressé.

Elle avait appris l'art de la sculpture. Elle avait appris à chercher, admirer, observer, déduire, comprendre… Elle avait appris à sculpter pour exprimer ce qu'elle comprenait. Elle avait appris à entailler la pierre, à sculpter les corps, à enquêter obstinément.

À force de chercher, elle avait fini par découvrir qui avait tué son père.

L'auteur de ce crime était un homme banal, au corps banal, à la vie banale qui vivait dans un château banal, mais luxueux.

Il avait pu acheter cette propriété grâce à l'argent acquis illégalement à la suite du meurtre du père d'Ève. Il y avait vécu trente ans, sans que personne n'apprenne que son train de vie était le fruit d'un crime dont il était l'auteur : le meurtre du père d'Ève. Aujourd'hui, Ève avait trente-quatre ans.

Avant-hier, grâce à sa patience et son obstination elle avait enfin appris qui était ce meurtrier de son père. Elle avait enfin appris à quel endroit il vivait. Alors, hier, elle s'était brusquement décidée. Après avoir attendu si longtemps, elle n'avait plus eu la patience de continuer d'attendre. Au lieu d'espérer que la justice des hommes fasse son œuvre, elle s'était directement rendue au château, armée de ses outils d'artiste. Au lieu d'écouter sa raison, elle avait cédé à la passion, à la fureur. Au lieu de respecter les lois et les procédures, elle avait voulu se faire justice elle-même. Elle savait qu'elle n'aurait pas dû. Mais hélas, la lame qui peut tailler la pierre peut aussi être l'outil d'une vengeance. D'un coup de ciseau à pierre, elle avait donc tué le meurtrier de son père, froidement, en vengeresse.

Aujourd'hui, Ève regarde sa fille empiler ses cubes, sur le chemin de terre, au pied de l'arbre. Elle chante la valse de la *Symphonie fantastique*. Ève la surnomme *Mon petit rossignol*.

Elle espère que la petite évitera une vie aussi dramatique que la sienne.

La petite fille empile ses cubes. Ève sculpte en admirant l'arbre.

Elle entaille la pierre et recommence, car ce premier arrangement ne lui plaît pas. Elle cligne alors des yeux, car ce qu'elle voit est éblouissant. Elle ne peut le contempler qu'à travers un prisme, un filtre, un jeu de sculptures à tailler et de dentelles à aiguiser.

L'art brille dans une flaque d'eau du chemin, comme un dessin dont il faut rapidement saisir les contours pour les fixer.
Soudain, l'eau se trouble. Quatre gros souliers s'impriment dans la flaque. Ce sont des chaussures de gendarmes. Ils sont deux. Ils viennent arrêter Ève…

Après avoir terminé sa pyramide en cube, la petite fille regarde les gendarmes approcher de sa maman, puis elle regarde les nuages dans le ciel.

Ces nuages dansent une valse qu'elle admire. C'est une valse improvisée sur la symphonie fantastique de Berlioz.

Une improvisation pour éprouver un vieux programme qui peut encore inviter à construire d'autres pyramides en cubes, d'autres objets, d'autres œuvres.

La valse est froide dans le soleil tiède qui éclaire, incliné, la petite fille. Elle regarde sa pyramide, puis les nuages. Alors elle dirige les yeux vers les deux gendarmes qui approchent de sa maman. C'est juste une matinée d'hiver. Les nuages dansent la valse. Les gendarmes s'approchent…

>L'art se bride
>Chaque jour
>En bolide
>Très rapide.
>Le limpide
>Troubadour,
>Perce un vide,
>Cherche autour…

>L'arbre entrelace
>Son frissonnant
>Matin qui trace
>L'arbre entrelace
>Le jour qui passe
>Très lentement
>L'art brode et lasse
>En frissonnant.

L'arbre contraste et se découpe en lignes vives,
En trois fois quatre, douze au soleil incliné.
Il brode un cinéma qui voudrait qu'on l'écrive.
L'art brille en flaques de lumière ou lignes vives,
Décor à forme abstraite, à syntaxe évasive.
On ne comprend rien, mais le rêve est raffiné.
L'art brille en flaques de découpe aux lignes vives
En froide valse douce au soleil incliné.

Lia Métonymie

Le guide a l'air d'être Astérix devant l'obélisque ascétique d'un lugubre très romantique. Avenue Vercingétorix : Couleurs Volvic c'est la fontaine d'un Clermont-Ferrand sidéral, œuvre en l'honneur d'un général mort à la guerre, à la trentaine… Le guide, tel un crooner, chante l'armée d'Égypte qui déchante et son retour pas très comique avant la fin désespérante à Marengo, bataille méchante, puis… la colonne volcanique… construite en son honneur par l'Auvergne reconnaissante…

Tu es en Auvergne, à Clermont-Ferrand. Tu écoutes un conférencier parler, devant la Fontaine de la Pyramide. Il montre son érudition à quelques touristes dont tu fais partie. Son monologue est académique. Ton esprit s'évade. À ta droite s'ouvrent les grilles extravagantes du Jardin Lecoq. Une femme superbe et merveilleuse s'y engage. Alors tu quittes les touristes. Tu entres dans le parc, sur les traces de cette inconnue. Tu as juste obéi à ton instinct. À l'aridité des batailles napoléoniennes, tu préfères la verdure du présent, son rythme, un rêve… La femme disparaît au virage d'une allée, derrière un bosquet. Cette apparition fugace devient l'actrice d'une pièce où ton rôle est inscrit : La disparue du jardin Lecoq. Tu arpentes les allées en suivant l'ombre des plantes. Que signifie l'insaisissable essence de cette passante ? Tu ne sais plus si tu marches à sa recherche ou si elle n'est qu'un rêve qui te fait marcher.

Ce jardin est splendide. Des effluves de beauté imprègnent le décor. Tu entres dans un univers romanesque. Tu passes au travers d'épisodes qui te débordent. Soudain, au milieu du parc, un livre qui traîne t'attire. Est-ce l'objet de tes rêves ? Tu le saisis. Tu le glisses dans ton sac. Tu l'emballes comme cette fugace apparition t'emballe. Tu ne sais pas encore ce que cache cette couverture. Il est dans ton sac. Tu te l'appropries. Tu aimes te sentir l'égal des personnages d'un roman. Quand la couverture d'un livre te plaît, tu l'ouvres, tu lis, tu te dis : « C'est de moi dont parle cet auteur ! ce livre parle de moi ! J'aurais pu l'écrire ! » Tu avances, l'esprit léger. Une silhouette, un parfum, un regard… Elle est là, superbe, devant toi.

Vous commencez à dialoguer. Tu ne sais plus ce que tu dis. Elle a la voix veloutée, douce. Tu te présentes à elle. Elle t'écoute avec l'œil amusé puis répond :

« Enchantée… Tu as sans doute entendu parler de moi. Je suis Lia Métonymie. Tu semblais me chercher. Tu m'as trouvée. Marchons ensemble, conversons, échangeons. »

Elle a la démarche souple d'une danseuse et la parole artiste d'une poète. Chacun de ses mots semble lesté d'une richesse harmonique d'échos de lectures. Chacune de ses phrases fait palpiter ton cœur. Ses répliques sont dessinées comme des arpèges de kora, ce splendide instrument à cordes qui accompagne les légendes malinkées, en Afrique de l'Ouest. Elle rit, puis te dit :

« Viens, je t'emmène, suis-moi. »
Elle t'entraîne jusqu'à l'arrêt de bus. Quinze minutes après, sans que tu aies compris pourquoi tu t'es laissé faire, vous vous retrouvez face à face dans un compartiment, à bord d'un train. C'est elle qui a acheté les billets. Tu ne sais pas où vous allez. Des alexandrins enfouis dans ta mémoire te reviennent à l'esprit :

Jamais flâneur ne fut aux hasards plus dociles
Que quand Métonymie les charmait par son style.

Scandé par ses arrêts, le paysage file… Une voix déclame à chaque escale le nom des gares :

Riom-Châtel-Guyon,
Vichy,
Moulins-Sur-Allier,
Nevers…

Chacune de ces annonces est l'objet d'un conte improvisé par Lia Métonymie. Ses inventions sont romanesques, forgées aux antiques chroniques. Elles sont remplies d'un bric-à-brac d'images :

Armures, vaisselles, meubles splendides aux sculptures narratives, auberges exotiques, châteaux à souterrains tarabiscotés, remplis d'acrobates à ressorts, de châtelaines impossibles, d'amoureux démodés... Son imagination te fait vibrer. Elle est bavarde :

« Dans mon enfance, on me surnommait : Petit Rossignol. J'adore discuter, chanter, survoler la vie. Je choisis mes interlocuteurs pour leur allure poétique. Toi, tu m'as plu quand tu as saisi ce livre pour l'enfouir dans ton sac. Tu m'amuses. Je crois que je chanterai ta vie. Grâce à moi, tu deviendras une figure héroïque. »

Tu lui réponds des phrases banales. Elle les note et s'extasie, éclatant d'un rire clair.
Elle a une façon de parler qui t'enchante. Elle t'épate et t'intrigue. Plus tu t'étonnes, plus elle se réjouit. Tout ce que tu lui dis, elle le transforme alchimiquement en poésie. Elle ne fait que déplacer légèrement l'ordre du lexique. Ce que tu dis te paraît informe. Elle s'empare de l'information et la chante. Du rythme des wagons sur les rails, elle fait des dentelles d'éloquence...

Trois heures trente plus tard vous courez ensemble à Paris, dans les couloirs du métro. Chaque badaud croisé devient pour elle une esquisse d'un nouveau conte excentrique. Une dame à chapeau à fleurs l'amuse tellement que vous la suivez. Vous vous engouffrez à sa suite dans une rame direction *Arche de la Défense*. Le métro démarre, s'arrête à *Bastille*, repart. La dame à chapeau descend à *Saint-Paul*. Elle chaloupe en marchant comme un bouquet se balance.

« Elle est amusante, elle marche comme dans Le lac des cygnes ! » dit Lia en éclatant de rire.

Vous suivez la dame. Elle fait quelques pas vers le nord-ouest, puis se dirige, *rue de Fourcy* vers le sud-ouest. Vous lui emboîtez le pas. Vous traversez le *quai des Célestins*, vous empruntez le *Pont Marie*, la dame se dirige vers l'*île Saint-Louis*. Puis pénètre sous le porche du *17 quai d'Anjou*. « Ah ! ça, ce n'est pas commun ! » s'exclame Lia Métonymie. Elle lève le doigt en faisant tinter la rue de son rire éclatant. Elle s'exclame.

« Regarde ! »
Tu contemples son doigt dressé…

« Mais ne fixe pas ma main, voyons ! Admire plutôt la direction que j'indique ».

Tu lèves les yeux. Elle te désigne une fenêtre mansardée. Qu'est-ce que cette chambre sous les toits a d'original ? Tu l'interroges. Elle te répond :

« C'est là que Charles Baudelaire a imaginé *La Fanfarlo*. C'est là que je suis née. »
Alors elle te parle de sa famille. Son père est Chilien, sa mère Hollandaise. Ses parents s'étaient rencontrés dans un train quelque part entre Saint-Pétersbourg et Kiev. Ils avaient eu un coup de foudre. Ils avaient décidé de s'installer ensemble à Paris, quai d'Anjou dans ce petit appartement, jadis occupé par Baudelaire. C'est dans cette pièce que Lia Métonymie avait commencé à chanter ses premiers couplets :

« Là, Métonymie alignait des lignes
Et survolait le monde en interlignes… »

C'est le seul endroit où elle ait vécu avec ses deux parents. Les circonstances, la vie, les a ensuite séparés. Elle saisit ton bras et lance joyeuse : « Survolons le monde en interlignes ! »

Elle t'entraîne dans le métro jusqu'au Musée de l'air et de l'Espace, au Bourget.

Au Bourget, sur l'aéroport, elle parvient à convaincre un pilote de vous embarquer à bord du « Simoun » : le mythique avion de la compagnie aéropostale des années trente. L'habitacle est petit. Il n'offre que quatre places inconfortables. Tu finis par comprendre qu'elle a décidé de vous faire sauter en parachute au-dessus de Dieppe. Pourquoi ? Juste une idée fantasque. Tu n'as jamais sauté en parachute. Tu as peur. Mais tu ne dis rien. Au moment de t'élancer, tu arrimes comme tu peux le sac dans lequel tu as mis ton livre. Tu sautes, Lia aussi…

Elle descend plus vite que toi. Elle ne semble pas vouloir ouvrir son parachute. Le tien se déploie, ta chute ralentit brusquement tandis que celle de Lia Métonymie accélère. Bientôt, elle n'est plus qu'un petit point léger, à peine plus grand qu'un petit rossignol. L'instant est étrange, terrible, mais poétique. Dans ton sac, quelque chose palpite. Ton livre te passe sous le nez pour mener une vie de plume au vent. Petit Rossignol remonte dans les airs.

Le livre continue à descendre en planant comme une mouette. Pourvu qu'il ne leur arrive rien. Le livre n'est pas un oiseau. Tu n'aperçois plus petit rossignol. Le sol de la jetée du port de Dieppe se rapproche, il semble monter dans ta direction. Le livre atterrit là où l'on regarde partir le ferry-boat pour l'Angleterre. Tu le vois atterrir sur la jetée, délicatement, comme un albatros. Tu touches à ton tour le sol, sur la plage, à côté de la jetée. Un petit rossignol t'agrippe l'épaule. C'est Lia Métonymie. Vivante.

Clermont-Ferrand[1]

Le guide a l'air d'être Astérix
Devant l'obélisque ascétique
D'un funèbre très romantique
Avenue Vercingétorix…

Couleurs Volvic, c'est la fontaine
D'un Clermont-Ferrand sidéral
Faite en l'honneur d'un général
Mort à la guerre, à la trentaine.

Le guide, tel un crooner, chante
L'armée d'Égypte qui déchante
Et son retour pas très comique

Avant la mort désespérante
À Marengo l'exaspérante,
Puis… la colonne volcanique…

---

1   Sonnet extrait de « Fastueuse tempête féconde » (2021)

La Plume Rebelle[2]

Ses parents l'avaient appelé Apollon, mais tout le monde le surnommait Léon (c'était plus rapide à prononcer, plus simple à retenir). Il était beau, Léon. Il avait de la prestance, de l'aisance, de l'assurance. Quand il passait, elles gloussaient toutes. Elles lui lançaient des œillades coquettes ou baissaient les yeux intimidés. Il avait du succès. Les poulettes le convoitaient. Les poules plus âgées parlaient de lui comme du gendre idéal. Il était l'objet de tous les commérages, de toutes les admirations, de toutes les imaginations. Chacune cherchait à se faire remarquer par « le bel Andalou de la basse-cour ». Léon était

---

2   Nouvelle est parue en 2018 dans le recueil « Il était une plume » publié par l'association « Les plumes indépendantes ».

sans doute le plus beau coq que l'on ait vu naître sur les rives de la Dordogne. Un coq presque parfait.

Il aurait été totalement parfait, si sa perfection n'avait été gâchée par un petit défaut. Certes, chaque matin, il lançait un cocorico retentissant qui faisait frissonner de plaisir les oreilles de toute la gent aviaire et même au-delà : oiseaux, poissons, insectes, rongeurs et autres mammifères, humains compris, tout le monde admirait la clarté mélodique de son formidable « Cocorico », tous ses auditeurs louaient son sens du rythme et des nuances, son style insurpassable fait de swing et de blues avec ce zeste de flamenco qui lui était si personnel. Certaines poulettes particulièrement admiratives prétendaient que c'était grâce à son chant que le soleil se levait tous les matins. Rien dans le chant de Léon ne laissait à désirer. Il aurait pu devenir un soliste international ce d'autant plus « qu'il avait le physique ».

On prétendait que c'était lui qui avait posé pour la silhouette de coq ornant le clocher du village. Ces discussions de poulailler illustrent parfaitement le célèbre adage selon lequel « l'amour rend aveugle ». En effet si quelque chose laissait à désirer chez Léon c'était son plumage. Non pas qu'il fût horrible. Il était magnifique et sa réputation de « Dandy du poulailler » n'était pas usurpée. Son manteau de plumes était exceptionnel par sa qualité. Cependant, il y avait un défaut. Si au lieu de le contempler d'un regard énamouré, troublé par l'émotion, les poulettes l'avaient contemplé avec un regard de vétérinaire, elles se seraient aperçu qu'il avait un défaut. Chez Léon tout était parfait, sauf sa queue. Cette dernière avait une allure un peu surprenante. Non pas qu'elle soit laide. Elle était au contraire un attribut essentiel de son charme. Elle était même plus splendide que celles de bien des coqs. Mais elle avait un défaut. Au milieu de sa queue qui jaillissait et retombait comme un jet d'eau du palais de l'Alhambra, on apercevait une plume rebelle.

Elle se dressait, droite, raide comme un sapin. Elle était toute blanche, éblouissante comme un glacier des Alpes sous un soleil d'hiver. Cela donnait l'impression qu'elle appartenait à un cygne ou bien à une oie plutôt qu'à un coq. Bien des poules trouvaient à cette plume rebelle un charme indéfinissable qui les plongeait dans des abîmes de rêves romanesques. « Pour être parfaite, une beauté doit être imparfaite… » se disaient-elles dans leur caquètement poétique.

Monsieur Gedeloy (propriétaire du domaine où vivaient Léon et sa cour) ne l'entendait pas ainsi. Si le coq Léon l'intéressait, c'était pour des raisons bien différentes des émotions esthétiques qu'il soulevait chez les poules. L'esprit du regard qu'il portait sur lui était tout entier contenu dans le surnom dont il l'avait affublé : « Monsieur le Coq à Plume d'Oie. » Que cette plume soit rebelle ne l'intriguait pas. Monsieur Gedeloy aimait l'ordre, la fantaisie, la philosophie et l'esthétique avaient peu d'effets sur lui. Monsieur Gedeloy était éleveur. Il élevait des poules non pas pour admirer la poésie de leurs atours, mais pour nourrir sa famille. Plutôt que de rédiger des poèmes sur un coq à plume rebelle, il préférait le soigner, l'engraisser, le surveiller, le préparer pour qu'il soit à point le jour où il atteindrait l'apogée de la carrière qui lui était promise : briller aux yeux des gourmets sous la forme d'un délicieux coq au vin. C'était là que se plaçait le sommet de la poésie pour Monsieur Gedeloy.

Les aventures que l'on rapporte dans les bons livres sont toujours merveilleuses, la fatalité d'un poulailler n'atteint que très rarement ces régions si prisées des lecteurs. Monsieur Gedeloy disposait de tout ce qu'il fallait pour faire prévaloir ses préférences poétiques sur celles des poules. Un beau dimanche de printemps, le coq Léon se retrouva déplumé, la tête coupée, mijotant dans une cocotte dans les vapeurs de Cognac et de Monbazillac. Monsieur Gedeloy était exigeant sur la qualité. Le dimanche, du coq au vin était toujours une occasion de fête chez les Gedeloy. Les enfants poussaient des cris de joie, car ils adoraient jouer dans les plumes du malheureux sacrifié. À la mort du coq Léon, ces jeux, et ces rires atteignirent un paroxysme incomparable. Les plumes du coq Léon étaient si belles. Ils allaient pouvoir jouer aux cow-boys et aux Indiens. Très rapidement, une querelle naquit entre eux autour de la plume rebelle.

Elle était si belle. Elle avait quelque chose de magnétique. Chacun se la disputait. Pour les uns c'était une plume d'oie, pour les autres une plume de cygne. On s'arrachait les cheveux, on se déchirait les chemises, on hurlait. La scène était homérique. C'est Achille qui l'emporta. Achille n'était pas le plus costaud des enfants Gedeloy, mais il était le plus hargneux, le plus féroce, le plus méchant. Il planta sa plume sur son chapeau de cow-boy et décréta qu'il était Billy the Kid et que tout le monde devait le suivre. Et d'un bond, il se retrouva sur le dos de son poney. Fier comme un chicano il galopa nez au vent sur la route de Bergerac. Il n'avait pas fait cent mètres qu'un nouveau drame éclatait déjà.

La trajectoire du poney venait de croiser celle d'une splendide automobile rouge, une Chevrolet décapotable Styleline Deluxe. Son conducteur n'était autre que le trop célèbre Albert Deguiche. Le gangster qui dévalisait les pauvres pour enrichir les riches c'était lui, l'insaisissable assassin qui assassinait les millionnaires peu scrupuleux pour enrichir les milliardaires encore moins scrupuleux c'était encore lui. En trente secondes, sa Chevrolet décapotable Styleline Deluxe avait transformé Achille et son poney en un hachis parmentier méconnaissable. La plume rebelle avait échappé au massacre. Après avoir effectué dans les airs de baroques arabesques qu'un public de cirque aurait admirées, elle avait atterri mollement sur la banquette arrière de la décapotable du gangster sanguinaire. Par un de ces hasards fantastiques qui n'existent que dans les romans les plus audacieux, elle avait réussi à se coincer sous le fil d'une des coutures de la banquette. Tandis que le moteur de la grosse américaine vrombissait, la route filait ; les cheveux d'Albert flottaient au vent ; sur le siège arrière, la plume rebelle tremblotait sur le cuir en produisant un rythme guerrier qui ressemblait un peu à celui du Boléro de Ravel. Si Albert avait été mélomane, s'il avait eu l'oreille fine, il aurait reconnu ce rythme.

Hélas pour la postérité de Ravel, Albert Deguiche n'était qu'une brute épaisse, sourd comme une motte d'argile. Il était imperméable à toute forme d'art. Il n'était toutefois pas invulnérable à la fatalité. La Chevrolet Styleline Deluxe s'était engouffrée dans les rues de Sainte-Foy-la-Grande avec la même férocité que si son conducteur avait voulu tester les limites du circuit des vingt-quatre heures du Mans. Les passants incrédules s'écartaient devant cette vision effroyable. Le moteur hurlait, les pneus crissaient, le volant glissait entre les mains d'Albert… Tant et si bien que sur le pont enjambant la Dordogne, la Chevrolet culbuta et s'écrasa dans le lit de la rivière. Le féroce Albert Deguiche et sa redoutable automobile ne formaient plus qu'un amas informe presque aussi inesthétique que la garniture d'un sandwich américain.

La plume rebelle du coq Léon avait réussi à échapper au massacre. Elle flottait dans l'air, légère, indépendante et brillante. Si un poète l'avait aperçue, il aurait sans doute écrit à son sujet des vers dignes de Virgile. Elle semblait maîtresse de son destin. Flottant au gré des courants d'air elle avait fini par franchir la fenêtre ouverte d'une maison modeste, mais coquette. Elle atterrit mollement sur un tas de duvet chez une couturière qui fabriquait des coussins… Jeune, légère et tendre, elle avait fait tourner plus d'une tête à Sainte-Foy-la-Grande. On l'avait surnommée « Plumeau rebelle » à cause de la forme de son chignon. Indifférente à ses prétendants, toute sa vie, elle avait baissé la tête sur son ouvrage. Elle cousait, livrait, livrait et cousait. Aujourd'hui, elle était vieille. Souvent lorsqu'elle travaillait son cœur battait encore la chamade, mais elle n'y prenait pas garde. Elle brodait avec application des Cupidon sur ses oreillers… Ce jour-là, elle s'était piqué le doigt, était-ce une aiguille ? Était-ce une plume ? Elle n'y avait pas pris garde. Seule comptait l'heure de la livraison. Tous les jours, à 14 h 30, elle allait livrer son ouvrage à la mercerie.

Ce jour-là, au moment où elle allait livrer ses coussins, un inconnu arrivait à Sainte-Foy-la-Grande.
Ses parents l'avaient appelé Apollo, mais tout le monde le surnommait Lion (c'était plus rapide à prononcer, plus simple à retenir). Il était beau, Lion. Il avait de la prestance, de l'aisance, de l'assurance. Quand il passait, elles gloussaient toutes. Elles lui lançaient des œillades coquettes ou baissaient les yeux, intimidées. Il avait du succès. Ses lectrices l'adoraient. Lion Sunlight était un immense écrivain américain. Il écrivait des livres en anglais que le public s'arrachait. Il était traduit dans toutes les langues. Il sillonnait le monde de librairie en librairie, les séances de dédicaces se succédaient et se multipliaient. Depuis quelques mois, il était en France. Chaque soir, il changeait de ville. Les libraires

l'attendaient avec impatience. Il déplaçait les foules.

En entrant dans sa chambre à l'Hôtel Victor Hugo de Sainte-Foy-La-Grande, il fut tout de suite incommodé par l'allure de son oreiller. Il n'avait pas cette forme épaisse et large qui favorisait selon lui les sommeils littéraires. Lion se mit donc à la recherche d'une boutique où il pourrait trouver l'oreiller de ses rêves. Le hasard favorise toujours les poètes. Il finit par entrer dans une mercerie qui semblait correspondre à ses attentes.

Le coussin qu'il espérait s'y trouvait. Il avait de la chance, la couturière qui l'avait fabriquée venait de mourir d'une crise cardiaque juste après l'avoir livré, il y a à peine quelques minutes… La patronne se lamentait, les bonnes couturières sont si difficiles à trouver. Monsieur a de la chance. Vous ne trouverez nulle part des coussins d'aussi bonne qualité. Vous avez vraiment beaucoup de chance c'est le dernier qu'elle m'a livré. Son dernier ouvrage. C'était une couturière si travailleuse et pas chère avec ça, quel malheur. Lion écouta poliment la vendeuse, la paya (non sans se faire intérieurement la remarque

que ce coussin n'était pas si bon marché que cela) et remonta à l'hôtel, sa nouvelle acquisition soigneusement dissimulée dans un sac à dos.

Il avait quelques heures à tuer avant sa séance de dédicaces. Il décida de faire une sieste. Cet oreiller était parfait. Il s'endormit rapidement. Sa tête semblait flotter dans les nuages. Mais bientôt, il ressentit un étrange picotement. Il se réveilla en sursaut. La pointe d'une plume d'oie avait transpercé l'oreiller à quelques centimètres de ses yeux. Il venait d'échapper à un tragique accident. Les battements de son cœur se mirent à accélérer avec une vitesse inhabituelle. Était-ce le prélude à une crise cardiaque ? Peu à peu, son pouls se calma. Le rythme de sa respiration s'apaisa. Il décida de sortir cette plume d'oie à la pointe acérée. Elle vint à lui avec une étrange facilité. Il la contemplait. Elle était blanche, sa pointe était magnifique. Il n'était pas sûr qu'elle soit réellement une plume d'oie. Elle pouvait tout aussi bien être une plume de cygne, de colombe ou même une plume de coq... La nature est si imprévisible... Il était certain d'une seule chose elle était parfaite pour écrire.

...
À Sainte-Foy-la-Grande, la séance de dédicaces de Lion Sunlight avait été un immense succès. Les libraires n'avaient jamais reçu autant de lecteurs, les journaux, la radio, la télévision s'étaient déplacés, il y avait même quelques blogueuses et quelques « booktubeuses ».

On l'avait filmé, photographié, enregistré. Les clients de la librairie avaient pris un nombre invraisemblable de « selfies » avec le grand écrivain. Le libraire avait vendu un nombre encore plus invraisemblable de livres. Tout le monde était content.
...
Moi aussi, j'étais content. J'avais réussi à me faire dédicacer un livre par le grand Lion Sunlight. Il avait rédigé une dédicace, en français, assez banale. Mais j'ai conservé ce livre et vous allez comprendre pourquoi.

Il faut d'abord que je vous explique la raison pour laquelle j'étais à Sainte-Foy-la-Grande le jour de cette séance dédicaces. J'avais trouvé pour les vacances de printemps un petit job d'été à l'hôtel Victor Hugo, celui-là même où était descendu Lion Sunlight. J'étais chargé de tenir la réception lorsque les patrons s'absentaient. Je devais également faire un peu de ménage le jour de congé de la femme de chambre. Le jour du départ de Lion Sunlight était précisément un jour où la femme de chambre était absente (non pas pour congé, mais parce qu'elle assistait à l'inhumation de l'une de ses amies, une vieille couturière, qui venait de mourir assez subitement d'une crise cardiaque). Quelle ne fut pas ma surprise en pénétrant dans la chambre de Lion Sunlight de constater qu'il avait laissé sur la table une plume dans un encrier. Un buvard était resté en place, taché d'encre. Lion Sunlight avait écrit à l'Hôtel Victor Hugo.

Ma surprise fut encore plus grande lorsque je découvris dans la corbeille, les feuilles froissées de ce qui ressemblait à une sorte de brouillon. Ce brouillon était intitulé « Rebel Plume » écrit en anglais à la troisième personne du singulier. C'est la traduction de ce texte que je vous livre à présent dans les lignes qui précèdent. Je ne sais si elles sont vraiment dignes du talent du grand poète Apollo Sunlight dit « Lion ». Mais je possède un brouillon assez raturé de cette histoire écrite par la même main que celle qui m'a dédicacé son livre.

La traduction que j'en ai faite n'en est peut-être que le pâle reflet. Le français ne sait pas dire tout ce que peut décrire la riche langue américaine. Je ne suis pas écrivain. Je suis juste un admirateur d'Apollo Sunlight.[3]

---

3   Apollo Sunlight alias Lion Sunlight est un auteur à succès contemporain (imaginaire, promis par conséquent à un riche avenir littéraire). Le présent texte est la première œuvre publiée à son sujet. Sa bibliographie n'a pas encore été éditée, sa biographie n'a jamais été publiée. Tout cela reste à écrire. On jugera par cette note si Robert-Louis Stevenson a eu raison (ou non) d'intituler en 1877 « Apologie des oisifs » un essai qu'il a consacré à la création littéraire. Devant l'ampleur d'une telle tâche ne découvre-t-on pas combien le labeur de l'écrivain est un travail harassant ? Il n'est toutefois pas interdit au lecteur de lire paresseusement ce que les auteurs écrivent (en omettant par exemple de lire cette note en bas de page jusqu'au bout). Dans l'hypothèse où vous auriez néanmoins lu cette note jusqu'à son point final, je vous en félicite ! Vous avez droit à toute ma considération. Apprécier les notes en bas de page est une qualité si rare qu'elle mérite d'être louée. Vous et moi nous avons donc une valeur commune : nous aimons ces notes en bas de page où l'on déniche bien des idées, on y découvre bien des choses. Puisque vous avez lu ma note jusqu'ici. Je vous avoue que cette histoire de traduction est un pur travail d'imagination qui n'avait qu'un unique objectif : susciter la biographie et la bibliographie du fameux Apollo Sunlight n'est-ce pas un formidable défi littéraire ? Chère lectrice, cher lecteur, si ce désir d'écrire vous gagne, suivez votre plume légère, elle saura vous guider… N.dA.

Apollon[4]

Il était l'Apollon de la Gascogne
Plus d'une poule fondait pour sa trogne,
À lui, le Don Juan de la Dordogne,
Hidalgo Cupidon des cœurs qui cognent.

Si Apollon était son vrai prénom
Dans les cours on le surnommait Léon.
Il était l'empereur Napoléon
Des poulaillers… d'où ce digne surnom…

Ce séducteur au chant très homérique,
Grâce à son plumage aristocratique
Séduisait les foules gallinacées.

Et plus d'un poussin issu de ses œuvres
Était sous tous rapports un vrai chef-d'œuvre.
Hélas… tous finirent en fricassée…

---

[4] Sonnet extrait de « Sansonnets aux sirènes s'arriment » (2018)

Lion Sunlight[5]

Lion Sunlight : un prolifique écrivain,
Il roule en Bugatti décomposable
En compagnie d'actrices remarquables.
Il a fagoté plusieurs écrits… vains…

Que chacun sur la toile d'internet
S'accorde à trouver « à donff' romantique. »
Il brasse en argot des refrains antiques,
Et ressasse à merveille cette recette,

Elle est démontable à tous les étages…
Du lion, il a la crinière sauvage,
Sa plume à clichés est industrielle…

Sa vaste villa domine Hollywood,
Les plus austères librairies le boudent,
Les supermarchés adorent son miel…

---

5   Sonnet extrait de « Sansonnets aux sirènes s'arriment » (2018)

Table des matières

Valse froide (nouvelle)............................... p. 5

L'art se bride (triolet)….............................p. 17

Lia Métonymie (nouvelle)........................ p. 19

Clermont-Ferrand (sonnet)....................... p. 29

La Plume Rebelle (nouvelle)….................. p. 31

Apollon (sonnet)….....................................p. 45

Lion Sunlight (sonnet).............................. p. 46

© Pierre Thiry (texte et couverture)

Éditions : BoD – Books on Demand
12/14 rond point des Champs-Élysées 75008 Paris
Impression: BoD Books on Demand, Norderstedt, Allemagne

ISBN : 9782322411726